Cucarachita Martina
Cuento tradicional

Lada Josefa Kratky

Dedicado a
Mica Quintana

NATIONAL
GEOGRAPHIC
LEARNING | CENGAGE
Learning·

Cucarachita Martina y Ratoncito Pérez se habían casado y vivían muy felices en su casita de cartulina. Un día, Cucarachita dijo:

—Amorcito, tesorito mío, voy a ir al mercado. Cuida bien el guiso que he dejado en la olla. Y cuidadito, que está bien caliente.

Al quedar solito, Ratoncito no pudo resistir y se subió a la olla. Vio una cebollona grandota flotando en el guiso y se inclinó para recogerla, pero perdió el equilibrio y se cayó.

Cuando Cucarachita volvió, lo vio flotando en la olla y lloró:

—¡Ay, mi ratón comilón! ¡Se cayó en la olla por la golosina de la cebolla!

Llegó entonces Pajarito y le preguntó a
Cucarachita en su suave vocecita:

—¿Por qué lloras, amiguita?

—Es que mi ratón comilón se cayó en la olla
por la golosina de la cebolla.

—Pues yo, como buen
pajarito, ahorita me cortaré
el piquito.

Después de un ratito, Paloma vio a Pajarito y le dijo:

—¿Por qué te cortaste el piquito, amiguito?

—Porque Ratoncito se cayó en la olla —respondió Pajarito— por la golosina de la cebolla, y ahora Cucarachita suspira y llora.

—¡Pobrecita! —dijo Paloma—. Pues yo, como buena palomita, ahorita me cortaré la colita.

Cuando Paloma pasó por la fuente, esta
le preguntó:

—¿Por qué te cortaste la colita, amiguita?

—Porque Pajarito se cortó el piquito
—respondió Paloma— porque Ratoncito se
cayó en la olla por la golosina de la cebolla
y ahora Cucarachita suspira y llora.

—Pues yo, como buena
fuente, en seguidita secaré la
agüita de mi corriente.

En eso, llegó Mariquita por agua, y vio que la fuente estaba seca. Mariquita le preguntó a la fuente:

—¿Por qué has secado la agüita de tu corriente, fuente?

—Porque Paloma se cortó la cola
—suspiró la fuente— porque Pajarito se cortó
el piquito, porque Ratoncito se cayó en la
olla por la golosina de la cebolla, y ahora
Cucarachita suspira y llora.

—Pues yo, Mariquita, ahora mismito
voy a romper mi jarrón.

Cuando su mamá vio que Mariquita había roto el jarrón, le preguntó:

—¿Por qué rompiste tu jarrón, Mariquita?

—Porque la fuente secó su corriente —lloró Mariquita— porque Paloma se cortó la cola, porque Pajarito se cortó el piquito, porque Ratoncito se cayó en la olla por la golosina de la cebolla, y ahora Cucarachita suspira y llora.

La mamá corrió al caserón del médico del pueblito y le explicó:

—¡Doctor, hay que salvar a Ratoncito Pérez! El muy glotón se cayó en la olla por la golosina de la cebolla, y ahora Cucarachita suspira y llora. Y luego Pajarito se cortó el piquito. Y luego Paloma se cortó la cola. Y luego la fuente secó su corriente. Y luego Mariquita rompió su jarrón. ¡Tenemos que hacer algo!

El médico corrió a casa de Cucarachita y con un cucharón sacó al pobre Ratoncito de la olla. Lo acostó en su camisón sobre un almohadón y le dio jarabe y un montón de gelatina.

Ratoncito abrió los ojitos poquito a poco, vio a su Cucarachita, le hizo un guiño y le sonrió.

Cuando vio que Ratoncito estaba bien, Cucarachita corrió a la cocina, mezcló harina y agua y preparó engrudo.

Con el engrudo pegó el piquito de Pajarito, la cola de Paloma y el jarrón de Mariquita. La fuente hizo fluir otra vez su corriente y se puso a cantar:

"Este cuento se ha acabado.
El que lo quiera contar,
que lo vuelva a empezar".